Alfi, ein Chihuahuarüde

AF288457

Alfi, ein Chihuahuarüde

Eine kleine Hundegeschichte

Burkhard Helpap

Alle Rechte beim Autor
Skizzen von Dr. Johann Holna
Herstellung und Verlag: Books on Demand
GmbH, Norderstedt
ISBN 3-8334-0009-9

Inhalt

Vorwort

Fast zwei Drittel meines bisherigen Lebens habe ich ohne Hundebegleitung zugebracht. Dann, vor mehr als zehn Jahren, kam ich plötzlich in Kontakt mit einem Dobermann, einem Afghanen und einem Hoverward. Mit allen drei Hunden, die schnell Vertrauen zu mir fassten, habe ich viele Aktionen zu Lande und zu Wasser unternommen. Leider sind zwei der großen Hunde bereits gestorben. Vor drei Jahren trat dann der winzige Chihuahuarüde Don Alfonso, genannt Alfi, in mein Leben. Es war Liebe und Freundschaft auf den ersten Blick. Wir waren unzertrennlich, bis das Schicksal an einem sonnendurchfluteten Sonntag im August 1997 unbarmherzig zuschlug. Alfi starb durch einen Verkehrsunfall. Der Hund ist mir so ans Herz gewachsen, dass ich sein kurzes, aber sehr interessantes und intensives Leben aufgeschrieben habe. Dies ist ein Dank an meinen treuen Freund Alfi.

Die unbekannte Umgebung

Am 10. Juni 1994, vor gut drei Jahren also, erblickte ich in einer kleinen Wohnung als sechster Welpe meiner Mutter Lady Bianca das Licht der Welt. Wie ich aus meinen großen Kulleraugen sehen konnte, war ich der kleinste von allen und ... ein Chihuaharüde: black and tan, das heißt von schwarzer Farbe mit symmetrischer brauner Zeichnung über den Augenbrauen, hellbraunen Pfoten und einer weiß getönten löwenartigen Halsmähne. Erwähnen sollte ich schon jetzt, dass ich aus einer sehr vornehmen Hundefamilie abstammte: alle klein und zart, aber sehr aktiv.

Da mich meine Umwelt lebhaft interessierte, entfernte ich mich schon sehr früh aus dem Hort meiner Mutter und inspizierte die nahe Umgebung. Meine Geschwister blieben indessen noch bei ihr, die uns alle sehr liebevoll pflegte und nährte, was – nebenbei bemerkt – natürlich auch für unsere Züchterin galt. Sie liebte Plüsch über alles, oh ja, so gab es kuschelige Bilder von meinen Geschwistern und mir und unserer lieben Mutter Bianca.

Sie war es auch, die mir den Namen Alfonso gab, auf den ich auch zunächst hörte, doch bald wurde dieser zu meiner Freude in Alfi abgewandelt. Wer wollte auch schon so heißen, wie ein spanischer Graf oder König? Wie diese wurde ich streng, aber gerecht erzogen. Immer wieder musste man mich darauf hinweisen, dass ich mein Bächlein – mein Beinchen konnte ich leider am Anfang noch nicht heben, wo ich doch ein so stolzer Rüde war – regelmäßig auf eine Zeitung zu machen hätte. Auch das große Geschäft sollte ich auf eine Zeitung machen. Merkwürdig – oder? Später habe ich festgestellt, dass weiche Unterlagen, wie echte Teppiche oder recht frisches Gras, vor allem aber versteckte Ecken viel gemütlicher waren, sich dort zu verewigen. Als

9

ich endlich meine Hinterbeinchen heben konnte, hinterließ ich zunächst voller Freude an allen Tisch- und Stuhlbeinen einzelne Tröpfchen. Schließlich musste ich schon früh mein Revier markieren.

Das dunkle große Haus

Eines Tages musste ich den Hort meiner Mutter endgültig verlassen und kam in ein dunkles großes, altes Haus, in dem sich während meines kurzen Lebens schließlich vier kleine und große Hunde zusammenfanden. Da ich im Hause der Älteste, wenn auch der Kleinste war, zollten mir alle den notwendigen Respekt. Und als mein Freund, der Dobermannrüde Carlos, kam, habe ich ihm sehr schnell klargemacht, dass auch er sich daran zu halten hätte. Tat er dies nicht oder vergaß es gelegentlich, so rief ich ihn schnell durch grimmiges Knurren und kleine Bisse am Hals wieder zur Ordnung. Zunächst fiel es mir schwer, die vielen steilen ausgetretenen Treppenstufen hinauf- und hinunterzulaufen, doch später, nachdem sich meine kurzen Beine daran gewöhnt hatten, jagte ich durch das Haus wie ein Wirbelwind.

Mein eigentliches Domizil war allerdings eine mit alten Holzmöbeln ausgestattete Küche. Dort stand mein Körbchen mit einer kleinen Schaffelldecke. Wenn ich müde wurde, legte ich mein Köpfchen auf den Rand des Körbchens und blinzelte in die Gegend. Meist schlief ich jedoch sehr schnell ein, was kein Wunder war, rannte ich doch pausenlos in dem großen Haus herum und sah nach dem Rechten. Und ich war ja auch noch sehr jung. In meinen ersten Lebensmonaten lebte ich vornehmlich in dieser Küche, denn hier spielte sich das ganze Leben ab. Dabei konnte ich die Kochkünste der verschiedenen Hausbewohner bewundern. Manchmal hatte ich Glück und erwischte einen Brocken Wurst oder Käse, ja wenn man immer nur Trockenfutter zu fressen kriegt, ist das nicht so angenehm. Na ja, manchmal braucht ein Hund was Ordentliches zwischen die Zähne. Doch trotz dieser Verpflegung konnte ich mich nicht beklagen, es ging mir gut. Mein seidiges Fell glänzte, mein Näschen war immer feucht und kalt.

Leider machte mir mein Gebiss keine rechte Freude. Zwei Eckzähne standen eng neben- beziehungsweise voreinander. So musste ich – ebenso wie meine Schwester Alicia, die Zuflucht bei einer alten Dame gefunden hatte, aber leider keine so schöne unbeschwerte Jugend erlebte wie ich – eines Tages zum Tierarzt. Zunächst bekamen wir eine Spritze, und wir wurden ganz schläfrig. Mein großer zweibeiniger Freund erzählte mir später, dass der Tierarzt uns beiden recht brutal die Eckzähne entfernt hatte. Doch leider blieb der gewünschte Erfolg aus. Auf der linken Seite war die Lefze immer etwas hochgezogen, aber mein Freund sagte mir, das ist eben der Alfi. Mich störte es überhaupt nicht. Meine Schwester Alicia hingegen hatte recht symmetrische Gesichtszüge, da schien die Operation wohl etwas erfolgreicher gewesen zu sein, wenn das überhaupt Sinn und Zweck der Übung war. Unsere Zähne zeigten wir ohnehin nur, wenn uns der Dobermann zu nahe kam.

Obwohl ich zu Hause ständig unter Hunden lebte, hatte ich auch außerhalb des Hauses viel Kontakt, zumeist zu größeren Hunden. Vorsichtshalber knurrte und bellte ich bei jedem größeren Rüden. Ich wusste ja nicht, ob mir was passieren konnte, weil sie mir was Böses wollten. Im Großen und Ganzen fühlte ich mich frei und ungebunden und hatte vor nichts Angst. Deshalb lief ich auch völlig unbekümmert auf den Wegen und Straßen in Stadt und Land herum. Alles interessierte mich: große Kühe, die mich sehr verwundert ansahen – ich sie aber auch –, Schafe und vor allem kleine Schnecken auf den Wegen. Unaufhörlich war ich mit Schnüffeln beschäftigt, und da ich ein aufgeweckter Bursche war, merkte ich mir alles sehr genau und wusste beim zweiten Mal, wo die Wege verliefen und welcher Baum mein Markierungsanfang war. Mit Spazierengehen, vor allem an den Wochenenden oder abends, und dem Bewachen des Hauses verging meine Zeit. Ich freute mich daher immer riesig, wenn mein großer zweibeiniger Freund von der Arbeit zurückkam. Dann begrüßte ich ihn überschwänglich, sodass ich mich fast beim Wedeln umbrachte. Das klingt jetzt etwas dramatisch, ich geb's ja zu, aber mein ganzer kleiner Körper zitterte wie Espenlaub, und ich war glücklich, wenn er mich auf den Arm nahm und ich ihn mit meiner Schnauze berühren konnte. Ich fühlte mich so herrlich wohl bei ihm. Am liebsten streckte ich mich auf seinem Bauch aus, um mich auszuruhen.

Alfi und der Alltag

Eines Tages wollte ich wissen, was mein großer Freund so den lieben langen Tag macht. Wie ein Schatten folgte ich ihm in sein Zimmer und kratzte so lange an seinem Hosenbein, bis er mich aufnahm und ich eine Menge Papier und viele Bilder sehen konnte. Während auf dem Tisch und drum herum ein großes Durcheinander herrschte, sprach mein Freund in ein Ding, das fast wie ein Hundeknochen aussah. Wie ich sehr viel später vernahm, war aus dem papierenen Durcheinander ein schönes Buch geworden. Somit erklärte sich auch, dass ich, wenn ich zwischen den Bildern und den Blättern Papier herumschnüffelte, rums, hin und wieder einen kleinen Klaps bekam, der mich erschrocken zurückfahren ließ und meine Neugierde zügelte. Na ja, fast jedenfalls.

Dann kam der große Augenblick, als mein Freund eines Morgens – jeden Morgen, manchmal war es noch gar nicht hell, weckte ich ihn, stupste ihn mit der Nase und sprang so lange auf dem Kopfkissen hin und her, bis er aufstand – zu mir sagte: „Alfi, willst du mich ins Krankenhaus begleiten?" Ich war sehr stolz in diesem Moment und froh über dieses Angebot, also sauste ich freudig wedelnd an die Haustür. Ich lief mit zum Auto, nahm auf der Rückbank platz und schon ging es im Sauseschritt über die Landstraße in die große Stadt. Oft stand ich unterwegs am Autofenster und beobachtete genau die Umgebung. Sehen konnte ich prima, aber noch besser waren meine Ohren. Am Fahrgeräusch der Reifen konnte ich beispielsweise hören, auch wenn ich noch döste, dass wir uns schon wieder auf dem Heimweg befanden. Sofort weckten mich meine Lebensgeister, ich sah aus dem Fenster und freute mich auf meine Hundefreunde und aufs Essen und Trinken.

Doch vielleicht sollte ich noch ein wenig vom Krankenhaus erzählen: Zunächst war die neue Umgebung natürlich recht ungewohnt, wie man sich denken kann. Doch mit der Zeit änderte sich das. Ich blieb jeden Arbeitstag erst einmal noch für eine Stunde im Auto und beobachtete, was so um mich herum geschah. Viele zweibeinige Wesen in weißen Kitteln gingen in das Haus hinein und wieder heraus. Was machen die wohl da drinnen in dem Haus?, fragte ich mich ein ums andere Mal, sodass meine Neugierde bis zum Platzen wuchs.

Als ich dann das erste Mal in das Haus kam, rutschte ich auf dem glatten Fußboden aus und fiel auf die Nase; es roch irgendwie komisch. Mein großer Freund ging mit mir in ein Zimmer mit Teppichboden, das für mich viel angenehmer war. Hier arbeitete er. Während ich ungeduldig und neugierig wartete, holte er mein Körbchen und meinen Fressnapf ins Zimmer und stellte beides unter den Schreibtisch. Aus Sicherheitsgründen, wie er sagte, musste ich zunächst in dem Körbchen sitzen. Von dort aus beobachtete ich die Szenerie. Mein großer Freund saß auf einem Drehstuhl vor einem Ungetüm von Gerät, in das er von Zeit zu Zeit linste. Ab und zu drehte er mit den Fingern an verschiedenen Schrauben oder Rädchen, wobei er unaufhörlich in einen Hundeknochen redete. Na ja, das war natürlich keiner, aber was genau, weiß der liebe Himmel. Ich verstand also zunächst gar nicht, was das alles sollte, und war froh, als er plötzlich eine Pause machte und mich auf den Stuhl hob, sodass ich mit meinen Vorderbeinen auf der Tischplatte stehen und alles bestaunen und beschnüffeln konnte. Höchst interessant schienen mir die kleinen Glasplättchen, die mein Freund unter das Gerät schob und betrachtete. Er erklärte mir, dass diese Schnitte krankhaftes Gewebe vom Menschen seien und dass die Veränderungen damit diagnostiziert würden. So weit konnte ich mit meinen Kulleraugen folgen, und wenn ich es für wichtig und interessant hielt, gab ich meinem Freund ein Küsschen mit meiner kalten Schnauze oder leckte ihm die Hände oder Finger. Aber das unaufhörliche Reden machte mich oftmals müde, sodass ich mich zwischen Rückenlehne und Rücken meines Freundes schlafen legte. Es war sehr gemütlich und beruhigend, denn ich hörte meinen großen Freund reden und wusste, dass ich nicht alleine war. Damit mein Freund mich auch bemerkte und mich ja nicht vergaß, drückte ich manchmal mit meinen Pforten in sein Kreuz oder kroch plötzlich unter seinen Armen auf die Armlehne und sah ihn an. Darüber freute er sich oft sehr, nahm mich auf den Arm und spielte mit mir – viel zu kurz, wie ich fand, aber immerhin. Wenn ich unbedingt einen Baum brauchte, lief ich zur Zimmertür, wedelte mit dem Schwanz und schaute mit meinen großen Kulleraugen meinen Freund an. Meistens ließ der Erfolg meines Bittens nicht allzu lange auf sich warten, denn ziemlich schnell sagte er dann auch schon: „Ja, schon gut, wir gehn ja gleich!"

Ich brauchte keine lange Einladung und wie der Blitz sauste ich auf sein Kommando durch den Gang, gleich auf die Straße und in den Park. Dort rannte ich häufig um die vielen Bäume herum und ließ das herrlich weiche Gras meinen Bauch kraulen. Wenn das Wetter schön war und die Sonne schien, blieb ich allerdings im Park an einer Sicherheitsleine. Das gefiel mir zwar nicht, aber mein Freund sagte, das müsse so sein.

Trotzdem fühlte ich mich sehr schnell recht wohl auf dem Gelände und nahm meine Aufgabe, meinen Freund zu beschützen, sehr ernst. Jeder Fremde wurde angekläfft, vor allem, wenn er plötzlich unangemeldet das Zimmer betrat. Solche Leute hatte ich ja am allerliebsten, denn eigentlich sollte sich jeder Besucher im Sekretariat bei Frau A. oder Frau B. anmelden. Frau A., zunächst voller Respekt vor mir winzigem Alfi, hatte mich aber später doch richtig lieb, meldete die Besucher und dann konnte ich sie in Ruhe beschnüffeln und meine Meinung kundtun. Wenn ich den Besucher akzeptierte, sprang ich während des Gespräches plötzlich auf seinen Schoß, wenn ich ihn nicht mochte, knurrte ich ihn an. Das änderte sich auch nicht, als später meine Schwester Alicia dazukam, die ihrerseits aber nur beobachtend auf dem Stuhl saß oder lag und wenig Anteil am Geschehen nahm.

Alfi und der Garten

Eine große Bereicherung war mein erster Ausflug aus dem Krankenhaus in die nahe Umgebung, ohne dass es jemand bemerkte, was mich – nebenbei erwähnt – sehr stolz machte. Hinter dem Garagenbau ging ein kleiner Weg direkt in den Wald am Fuße eines hohen Berges mit einer Bergruine auf dem Gipfel. Der Wald war unheimlich spannend, denn Eichhörnchen kletterten munter auf den Ästen herum, raschelten und sprangen ganz dicht vor mir auf den Boden und wieder auf die Äste. Im ersten Moment war ich doch völlig verwirrt und wusste nicht, ob ich sie jagen sollte oder nicht. Nach kurzer Überlegung entschied ich mich, nicht zu jagen, schon deshalb, weil ich einen weiteren kleinen Weg fand, der auf das Garagendach führte. Jetzt wurde es erst richtig interessant. Auf dem Dach hatte sich ein alter Mann einen Gemüsegarten angelegt. Später erklärte mir mein großer Freund, dass dieser Gärtner der Herr St. sei, der herrlich kleine, wohlschmeckende Tomaten züchtete, Salat und andere Köstlichkeiten. Natürlich musste ich erst einmal das ganze Beet inspizieren und meine Areale auch markieren. Ich fand den Herrn St. sehr nett. Seitdem besuchte ich ihn jeden Tag, er streichelte mich und unterhielt sich obendrein mit mir. Mich freute diese neue Freundschaft, denn ich merkte schnell, dass der Herr St. mich sehr mochte. Auch zu meiner Schwester Alicia war der alte Herr sehr nett, aber mich mochte er – in aller Bescheidenheit – besonders. Na ja, so war das eben. Meine Schwester wurde häufig nachmittags von einem kleinen Mädchen abgeholt, das mit ihr dann spazieren ging. Und obwohl ich selbst eigentlich auch mitgehen sollte, wollte ich dennoch lieber bei meinem großen Freund bleiben. So verliefen die Wochentage im Krankenhaus. Ich fand jeden Tag interessant und tollte herum, hatte mein

Fressen und Trinken und mein Ruhekörbchen im Zimmer meines Freundes.

Und natürlich gab es da noch viele andere Dinge, die ich erlebte.

Alfi und seine Reisen

Alfi im Schnee

Ich war noch ganz jung und klein, da fuhr ich mit meiner damaligen großen Freundin Tosca, einer Hoverwardhündin, nach Davos in den Schnee. Als wir dort ankamen, konnte ich nur staunen, denn so viel Schnee hatte ich vorher noch nie gesehen. So weit man blickte, alles war von der weißen Pracht bedeckt und – was manchmal ganz schön nervig war – mir blieb bei längerem Laufen der Schnee zwischen meinen Zehenballen kleben. Ich musste ihn erst mühsam wieder herauskratzen, ehe es weitergehen konnte. Zudem machten mich die langen Spaziergänge im Schnee so müde, dass ich gelegentlich einfach nicht mehr wollte.

Dennoch gefiel es mir dort ganz gut, vielleicht auch weil Tosca so nett auf mich aufpasste. Der Einfachheit halber wurde ich an Toscas Halsband angebunden und lief mit ihr zusammen durch den Schnee. Das klappte auch ganz gut. Bis auf einmal, da hatte Tosca einen kleinen Umweg gemacht und Angst bekommen, ihre zweibeinigen Freunde zu verlieren. Als sie ihre Freunde schließlich wiedersah, rannte sie los und vergaß ganz, dass ich mit an der Leine hing. Den ganzen langen Weg schleifte sie mich durch den Schnee, und ich weinte jämmerlich, sodass alle zweibeinigen Fußgänger aufhorchten und riefen: „Oh, der kleine Hund, der Arme!" Aber ganz so schlimm war es auch wieder nicht.

Nach Kräften bemühte ich mich, mit ihr Schritt zu halten, und in aller Regel klappte es auch recht gut. Doch spätestens abends in der warmen Ferienwohnung, in der es sehr behaglich war, wurde ich für die Mühen des Tages entschädigt, und da habe ich erst einmal fest geschlafen. Jedes Jahr in meinem kurzen Leben besuchten wir im Frühjahr Davos, zuletzt auch mit meiner Schwester Alicia. Jedes Mal lag dort der herrlichste Schnee, und wir spielten und jagten durch die weiße Landschaft. Sogar in einer Gondel durften wir mitfahren und steile Abhänge runterklettern. Hier hatte mein großer Freund aber echt Mühe, uns beiden kleinen Hunden zu folgen. Kein Wunder also, dass wir abends sehr müde waren und in Nullkommanichts tief und fest zwischen den Sofakissen schliefen. Oft suchte sich Alicia ein Eckchen, verkroch sich und schlief. Dann musste ich sie erst suchen, denn ich fühlte mich ja verantwortlich für meine Schwester.

Alfi und die Kieler Förde

Neben den Bergen und den Bergwanderungen – ich habe später Carlos, meinen Dobermannfreund, zum Training nach St. Moritz begleitet – hatte man meinem großen Freund und mich einmal zu einem Segeltörn in der Kieler Förde eingeladen. Zunächst musste jedoch ein großer Kongress in Hamburg absolviert werden. Aber diese Tage waren – gelinde gesagt – etwas langweilig für mich, denn mein großer Freund saß in dunklen Konferenzsälen herum, und ich durfte ihn nicht begleiten. Ich jaulte vor Freude, als es danach endlich in ein herrliches Herrenhaus nach Schleswig-Holstein ging, wo ringsherum viele schöne Wiesen lagen. Hier konnte ich herumspringen und schnüffeln und nicht nur das, meine empfindliche Nase nahm außerdem wunderbare Gerüche von Rehen, Schafen und Rindern wahr. Dennoch musste ich leider in diesem fremden Areal zumeist an der Leine laufen, sonst wäre nämlich mein Jagdtrieb mit mir durchgegangen.

Der Segeltörn fand auf einem großen Schoner statt. Von Anfang an liefen viele zweibeinige Wesen an Bord herum und redeten und redeten. Es war ein heilloses Durcheinander. Aus diesem Grunde dauerte es auch wohl so lange, bis alle Gäste an Bord untergebracht waren und das Kommando „Leinen los" ertönte. Zunächst fuhr das Schiff noch mit Motorkraft, aber dann auf dem großen Wasser kam eine Brise auf, und es wurden riesige braune Segel gesetzt. Das Schiff nahm Fahrt auf und ohne lästiges Motorengeräusch, nur mit dem Knattern der Segel im Winde und dem Heulen der Wanten, trieben wir dahin. Ein tolles Erlebnis für mich. Und ums Essen brauchte ich mir auch keine großen Sorgen zu machen, denn zu meinem Glück gab es Kassler und Bratkartoffeln. So manches Stück Fleisch konnte ich daher erhaschen. Ansonsten sauste ich auf dem Deck herum, von einem Fleck zum anderen. Neugierig, wie ich war, erkundete ich auch die entlegensten Ecken. So blieb es auch nicht aus, dass viele der Gäste mich anfassen und streicheln wollten, aber ich war stolz und ließ mich nicht berühren, denn ich war inzwischen ein erwachsener Hund. Das ständige Herumgerenne und vor allem die frische Seeluft machten mich manchmal so müde, dass ich bei meinem großen Freund auf dem Schoß ausruhen musste, ein Weilchen schlief und dann wieder an Deck herumsprang wie ein wild gewordener Handfeger.

Um uns herum – und das konnte ich nur sehen, wenn mich mein Freund einmal hochhob und über die Reling blicken ließ – kreisten viele andere Segelschiffe, die mal langsamer oder mal schneller waren als unser Schoner. Wie ich sehen konnte, war die Stimmung an Bord locker und lustig. Es gab Unmengen an Getränken, die ich aber fast alle gar nicht mochte. Mit einem Mal kletterten einige Besucher unter Hilfe und Anleitung die Masten empor, winkten von oben herab, und ich fragte mich, was die da wohl zu suchen hatten. Später kriegte ich mit, dass der Blick auf das Schiff tief unten und auf die Küste wohl sehr beeindruckend gewesen sein muss. Als die Sonne unterging, wurde es kalt. Zwar stellte ich schleunigst die Fellhaare hoch, aber ein bisschen fror ich doch. Mitleid erregend blickte ich immer wieder meinen großen Freund an, bis er mich endlich unter seine Jacke nahm. Hier war es warm und gemütlich. Ich konnte in Ruhe alles beobachten.

Als wir wieder an Land auf festem Boden waren, gab es im Herrenhaus einen großen Festabend. Zu meiner Schande muss ich allerdings gestehen, dass ich die ganze Angelegenheit verschlief. Ich verstand einfach nicht, warum all die zweibeinigen Wesen sich so belustigten und ohne Hunger große Mengen von Fisch und Fleisch, aber auch an Getränken verdrückten. Komisch, nicht wahr? Meine Schwester Alicia, der ich später meine Erlebnisse erzählte, staunte nicht schlecht über meine Reise, die ich da unternommen hatte. Natürlich wollte sie auch gerne einmal verreisen. Dieser Wunsch sollte denn auch in Erfüllung gehen.

Alfi in Wien

Ein großes Erlebnis war eine Kongressreise nach Budapest. Carlos, der Dobermann, meine Schwester Alicia und ich waren gebadet und frisiert, als es schließlich losgehen sollte. Derart gestylt, fuhren wir mit dem Auto los, in dem sich das Gepäck bis unters Dach türmte. Das Wichtigste waren die Diakästen für die verschiedenen Vorträge, die mein großer Freund zu halten hatte, und dies alles in einer Sprache, die ich gar nicht verstand. Unser erstes Ziel war das berühmte Kloster Melk an der Donau kurz vor Wien. In den weitläufigen Parkanlagen sprangen wir alle drei herum, denn wir waren es leid, dauernd im Auto zu sitzen. Das machte Spaß. Recht ungemütlich war auf der anderen Seite aber, dass das Kloster von zweibeinigen Wesen regelrecht überrannt wurde, die nur so aus den Bussen zu quellen schienen. Bald konnte man überhaupt nicht mehr richtig sehen, weil überall furchtbar dicke Menschen herumstanden. Insgesamt hatten wir uns aber schon vorher davon überzeugen können, dass das Kloster Melk sehr schön restauriert worden war. Mein großer Freund erzählte mir, dass er schon zu seiner Studentenzeit das Kloster Melk besucht hätte und damals die Gebäude recht verfallen gewesen wären. Mit der Zeit machten die vielen Menschen uns aber recht unruhig, sodass wir doch wieder froh waren, ins Auto klettern zu können.

Wir fuhren weiter nach Wien. Mitten im Zentrum in der Nähe des Stephansdoms fanden wir ein Hotel, in dem wir leider gar nicht alle erwünscht waren. Aber wir waren ja schlau und hatten Vorsorge getroffen. Flugs versteckten wir uns in einer kleinen Tasche und verhielten uns ganz leise, während wir uns in das Hotelzimmer tragen ließen. Carlos, der natürlich zu groß für diese kleine Tasche war, musste auf das Auto aufpassen. Zum Glück interessierten ihn die vielen zweibeinigen Wesen auf der Straße und die bunten Lichter. Da war er zufrieden. Im Zimmer angekommen, stillten Alicia und ich zunächst unseren großen Hunger und Durst. Danach schliefen wir fest. Am Abend liefen wir dann über den Ring spazieren, es gab herrliche Auslagen und in einem Geschäft bestaunten wir schicke Hundemäntelchen für den Winter. Unser Fell war aber so dicht und seidig, dass wir in dieser Hinsicht keine Sorgen zu haben brauchten.

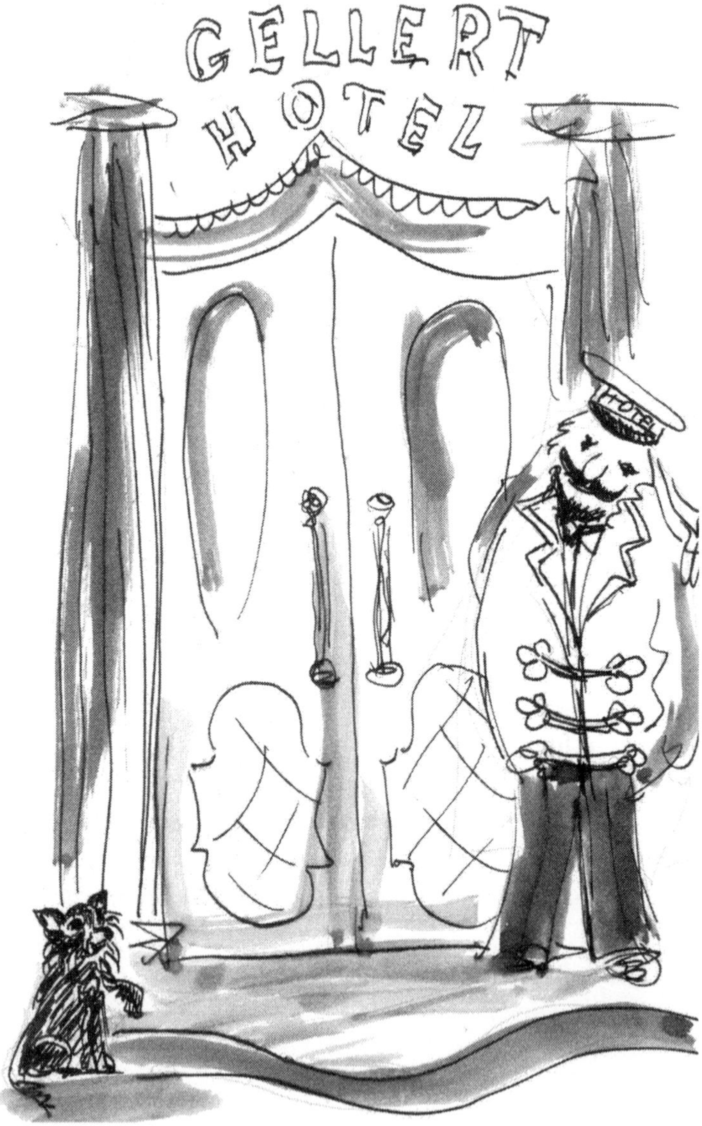
GELLERT
HOTEL

Alfi in Budapest

Am Morgen ging es dann auch schon weiter über die Autobahn nach Budapest. Die Landschaft war mal flach, mal hügelig, eigentlich nichts Besonderes. Doch plötzlich erstrahlte vor uns eine riesige Stadt mit großen Gebäuden und Türmen, rund und spitz. Dazwischen glitzerte das blaue Band der Donau. Als wir schließlich am Hotel ankamen, staunten wir nicht schlecht. Es handelte sich um ein riesiges Gebäude mit hohen Säulen und einem überdachten riesigen Bad. Nach kurzem Aufenthalt in der Lobby bekamen wir ein großes Zimmer mit Balkon und rasten vor Freude im Kreis herum. Alicia war allerdings so aufgeregt, dass sie plötzlich ihr großes und kleines Geschäft auf dem Teppich verrichtete. Wir waren alle sehr bestürzt, und mein Freund schaute sie tadelnd an. Hoffentlich gibt es keinen Fleck, dachten wir alle, dann schimpft die Hotelleitung bestimmt und wir sitzen, noch ehe wir uns versehen, alle vor der Tür. Aber mit vereinten Kräften wurde alles beseitigt. Puh, noch mal gut gegangen. Sogar Carlos half mit und hielt uns Kleine in Schach, damit wir nicht noch mehr Blödsinn anstellten. Alicia und ich waren aber sehr erfinderisch, denn in der Zwischenzeit kletterten wir in den Kleiderschrank, zogen Strümpfe und Unterwäsche aus den geöffneten Koffern und knabberten vergnügt in alle Kleidungsstücke kleine Löcher hinein. Glücklicherweise wurde dieser Unfug aber erst später bemerkt, sodass die Zeit im Hotel Gellert ohne großes Geschrei verlief.

In diesen Tagen haben wir uns viele Gebäude in der Stadt angesehen. Leider durfte ich immer nur die Häuser von außen sehen. Kirchen, Museen, Schlösser und Burgen blieben für uns Hunde innen immer verschlossen. Nachdem mein großer Freund alle seine Pflichten erledigt und viel Applaus bekommen hatte – ich schleckte ihm dafür eine Stunde lang die Hände –, spazierten wir durch die Stadt und sahen uns Geschäfte und Auslagen an. Etwas müde freuten wir uns alle sehr, als wir die Bank fanden, die auf dem Bürgersteig an der Straße stand und zum Sitzen und Ausruhen geradezu einlud. Wir lagen um unseren großen Freund herum, Carlos, Alicia und ich. War das nicht ein herrliches Leben?

Am nächsten Tag wurde im Kongress überall erzählt, was für schöne Hunde wir wären. Dieses Kompliment machte Carlos besonders stolz, er kann seine Figur immer besonders gut darstellen. Wegen des unablässigen Autoverkehrs mussten wir allerdings immer an der Leine herumlaufen, auch in Esztergon, der größten Kirche Ungarns. Eine so große Kuppel hatte ich noch nie gesehen, das musste ich wohl zugeben, aber eigentlich interessierten mich ringsherum vielmehr die weitläufigen Rasenflächen als die Kathedrale selbst. Als der Kongress zu Ende war, machten wir noch einen Abstecher nach Südungarn und probierten tiefroten Wein – na ja, natürlich nicht wir, das blieb nur unserem großen Freund vorbehalten – in Villany und besuchten einen Flohmarkt. Danach ging es über Österreich an den Bodensee zurück. Eine tolle und aufregende Reise – das konnte man mit Fug und Recht ohne Übertreibung sagen. Ich war stolz auf meinen großen Freund, und er war glücklich mit mir.

Dennoch, wenn ich ein Resümee aus den Reisen ziehen müsste, ist es doch am schönsten, wenn ich mit meinem großen Freund zu Hause oder im Krankenhaus bin. Dort kann ich mich überall frei bewegen und habe viele Bekannte, die ich besuchen kann, besonders Herrn St. in seinem Gemüsegarten auf dem Dach der Garage.

Alfi und der Bodensee

Der Sommer in meinem letzten Jahr war zunächst sehr regnerisch, dann besserte sich das Wetter und in meinen letzten Lebensmonaten zeigte sich sehr häufig die Sonne. Eines Tages nahm mich mein Freund mit zum See. Das Wasser war warm, und wir ruderten in einem kleinen Boot zu einem größeren Schiff, das an einer Boje lag. Ich saß vorne in der Bootsspitze und sah den Möwen zu, die auf alle Schiffe weiße Kleckse machten. Mein großer Freund sagte mir: „Alfi, heute baden und schwimmen wir!"

Kaum hatte er das gesagt, stellte ich es mir schon bildlich vor, und im Geist fing ich sofort an, mit beiden Pfoten zu üben. Dies wurde aber erst richtig ernst, als mein großer Freund ins Wasser sprang und mich mit seiner Hand hochhielt. Wie wild paddelte ich mit meinen Füßen, je näher ich dem Wasser kam. Ein bisschen Angst hatte ich schon, obwohl ich wusste, dass mir nichts passieren würde, denn mein großer Freund wachte ja schließlich über mich. Im Wasser schwamm ich im Kreis herum und – hast du nicht gesehen – immer wieder schnell zu meinem Freund zurück, der mich dann auffing und aus dem Wasser nahm. Mein Fell war nass. Ich sah entsetzlich dürr aus.

Insgesamt machte mir das Baden aber sehr viel Spaß. Später als Clara, das Labradorbaby, dazukam, staunten wir aber nicht schlecht. So etwas hatten wir noch nicht gesehen. Wenn Clara auch nur Wasser roch, dann sauste sie hin, stürzte sich hinein und schwamm. Ob es sich nun um einen See, eine Pfütze, eine Pferdetränke oder eine Badewanne auf einer Wiese für Kühe handelte, Clara schien dies ganz egal zu sein. Hauptsache, es war Wasser da, und sie konnte darin plantschen. Bei Carlos verhielt sich die Sache mit dem Baden ganz anders, ihm war das alles zuwider. Er war schließlich ein Dobermann und Dobermänner sind immer stolz und vornehm.

Meine tiefsten Eindrücke aber stammen aus jenen Zeiten, als ich mit meinem großen Freund alleine war und er mir seine Geschichten – gute wie schlechte – erzählte. Oft hatte er Kummer, und mit großen Augen sah ich ihn dann an und hörte mit gespitzten Ohren zu. Bei diesen Gelegenheiten strich ich ihm zärtlich mit den Vorderpfoten über sein Gesicht. Obwohl ich seine Probleme verstand, konnte ich aber nicht begreifen, dass sie überhaupt auftraten. Wir beide hatten natürlich auch miteinander Probleme, da jeder von uns seinen eigenen Kopf, seinen eigenen Willen hatte. Ich war natürlich der Kleinere und Schwächere von uns beiden. Manchmal habe ich schon kräftig geknurrt, das muss ich ja zugeben, weswegen mich mein großer Freund auch immer ganz besorgt gefragt hat, was los sei. Bei unseren Spaziergängen erklärte er mir, dass ich am Wegesrand entweder nicht mehr weiterschnüffeln dürfe oder dass ich weiterlaufen soll, auch wenn ich nicht wollte, oder, vor allem, wenn ich ohne Leine lief, dass ich gehorchen müsse. Einmal – und daran erinnere ich mich noch sehr wohl – gab es eine kräftige Rüge. Alicia und ich tollten und jagten und liefen während eines

Waldspaziergangs weit weg. Obwohl mein großer Freund laut rief und uns suchte, hörten und reagierten wir nicht. Wie er mir später sagte, hatte er sich große Sorgen um uns gemacht. Wir konnten das nicht verstehen, weil wir am Straßenrand wunderbare Gerüche aufnahmen. Ich ahnte nicht, dass mein großer Freund bald darauf abgrundtief traurig war und in einer ähnlichen Situation immer wieder rief: „Alfi, bleib bei mir!"

Ein herrlicher Sonnentag

Der letzte Tag in meinem Leben war ein herrlicher Sonnentag, ein Sonntag.

„Wir gehen in der wunderschönen Hegau-Landschaft spazieren", sagte mein großer Freund und packte Clara, die Labradorhündin, Carlos, den Dobermann, Alicia, meine Schwester und zärtliche Freundin, und mich ins Auto. Dort angekommen, streiften wir durch Felder und Wiesen, spielten hin und wieder um eine Bank herum. Ich musste Clara mehrfach vor Carlos verteidigen, weil ich meinte, das Spiel wäre zu rabiat für sie. Fünfundvierzig gegen zweieinhalb Kilogramm – das ging doch nicht, das war unfair. Carlos, der Dobermann, reagierte, und wir freuten uns alle darüber sehr. Später erzählte uns mein großer zweibeiniger Freund Geschichten, und ich streckte mich in der Sonne aus. Wie so oft fühlte ich mich so sicher, dass ich mich auf die Seite legte und alle viere von mir streckte. Ich war ja beschützt von meinem großen Freund. Auf dem Rückweg tollte und jagte ich mit meiner Schwester. Wir rasten am Auto vorbei, vergaßen die anderen und hetzten hintereinander her. Plötzlich war da eine steile Böschung, und von da an weiß ich nichts mehr.

Die Sonne schien, es war herrlich warm. Ich war benommen und wusste nicht, was mit mir geschah. Ich befand mich in einem wunderbar leichten Schwebezustand und hatte das Gefühl, ich schwebe auf einer kleinen Wolke himmelwärts. Verschwommen sah ich, wie meine Schwester Alicia still und stumm durch das hohe Gras strich. Plötzlich merkte ich, dass mein lieber großer Freund in sich zusammenbrach, weinte und schluchzte, während er mich – wie schlafend und entspannt, etwa eineinhalb Meter vom Rand der Straße liegend – wie in Trance aufhob, mich küsste und unaufhörlich streichelte. Er sah mich an – und es mag in diesem Moment noch so etwas wie Hoffnung in ihm aufgekeimt sein –, denn ich hatte keine auffälligen äußeren Verletzungen. Nur mein linkes Auge war etwas größer, aber mein Kopf lag nicht mehr fest in seinen Händen. Er rief: „Mein lieber Alfi, komm zurück, wach wieder auf!" Aber ich konnte nicht mehr atmen. Mein kleines Herzchen schlug noch einige Minuten. Dann stand es still, und immer wieder horchte mein lieber Freund an meinem Brustkorb und streichelte mich. Vier Stunden trug er mich auf seinen Armen und vergrub sein tränenreiches Gesicht in meinem seidigen Fell. Langsam wurde mein Fell ganz glatt, alle Krause verschwand. Mit der Zeit glättete sich auch meine Rute, die mit einem Mal keine Büschel mehr hatte. Zu meiner großen Verwunderung verließen jetzt auch die kleinen Mitbewohner, insbesondere die schwarzen Flöhe, mein Fell. Ich konnte sie nicht mehr mit meinem Blut nähren. Es stand ja still. Ganz allmählich wurde meine Muskulatur steif und starr. Langsam fingen meine Läufe an, eine embryonale Haltung einzunehmen wie bei der Geburt, die doch noch gar nicht weit zurücklag. Mein kleines Gesichtchen wurde ganz symmetrisch, und selbst die kleinen Unebenheiten meiner Lefzen durch die schräg nach vorne stehenden Zähne waren auf einmal fort. Schließlich versteifte sich mein Körper ganz, während meine Augen jedoch weiterhin geöffnet waren und nicht eintrübten. Mein Freund strich mir immer wieder über mein kleines Köpfchen, und ich hörte, wie er sagte, nie sei ich so schön gewesen wie im Tod. Auf meiner kleinen Hundewolke war ich zum einen ganz überrascht und tief betrübt, zum anderen aber auch froh, als ich merkte, wie lieb mich mein Freund hatte. Er trug mich ganz gebeugt und war sehr traurig. Viele andere zweibeinige Wesen, ähnlich wie mein Freund, klagten ebenfalls, wie der liebe alte Gartenfreund auf dem Dach der Garage, den ich jeden Tag besucht hatte.

Ich hoffe und wünsche mir sehr, dass mein Freund – wenn die Trauer verflogen ist – wieder einen kleinen schwarzen Chihuahuarüden findet, der ihn in seinem sicherlich nicht mehr so langen Leben schützend und verständnisvoll begleiten kann. Mir hat es in diesen drei kurzen Jahren sehr gut gefallen, und ich möchte noch alle meine Freunde aus dem Hundehimmel herzlich grüßen.

Euer Alfi

Der kleine Nachfolger Little Angelo

Der Wunsch von Alfi sollte rasch in Erfüllung gehen. Am 6. Juni 1997 wurde Little Angelo, ein winziger Chihuahuarüde, von Jenny Blue in der klassischen Farbkombination black and tan in Wolfsburg geboren. Neunhundert Gramm schwer war der Winzling, der die Nachfolge von Alfi antrat. Mittlerweile wiegt er bereits vierzehnhundert Gramm und ist ein sehr aufgewecktes kleines Kerlchen, der mit Alicia sehr vergnüglich spielt und ihr auch klar zu verstehen gibt, wer in Zukunft der Herr im Hause ist. Angelo hat seine Umgebung schon sehr intensiv beschnüffelt; er befindet sich auf den Spuren von Alfi und ist am Bodensee schon sehr ausgiebig spazieren gelaufen. Auch hat er schon Freundschaft mit dem alten Mann auf dem Garagendach geschlossen und ist derzeit der Liebling des ganzen Institutes. Alfi hätte sicherlich große Freude an ihm.

Im großen Haus und bei der Arbeit

In der Zwischenzeit hat Little Angelo das dunkle große Haus wie Alfi kennen gelernt und hier mit Alicia einen festen Platz in der Küche gefunden. Seine größte Freude ist es, wenn er mit Clara, der Labradorhündin, spielen kann. Clara reißt ihr Maul, so weit es geht, auf und Angelo steckt seinen Kopf tief hinein. Sie beschnüffelt den Kleinen, hebt ihn hoch und wirft ihn um. Angelo ist glücklich und spielt vergnügt mit Clara.

Tagsüber ist Angelo wie Alfi im Institut und sitzt auf dem großen Stuhl vor dem Mikroskop und beobachtet sehr genau die einzelnen diagnostischen Schritte. Er spitzt seine Ohren und ist immer interessiert, was im Zimmer passiert und welcher Fremde es betritt. Neuerdings hat Little Angelo eine Freundin im Sekretariat gefunden. Wenn dort mit Papier oder einer Tüte geraschelt wird, hofft er immer, ein Stückchen Kuchen zum Frühstück zu erbetteln, und saust wie der Blitz aus dem Zimmer heraus ins Sekretariat. Angelo sitzt furchtbar gerne unter dem Schreibtisch zwischen den Kabeln des Computers und lässt sich nur schwer hervorlocken. Es ist alles so wahnsinnig interessant im Sekretariat. Da ihn Alicia auch ständig ins Institut begleitet, ist sie natürlich sein Spielkamerad.

Alicia ist inzwischen jedoch sehr erwachsen geworden, steht über allen Dingen und sitzt oder liegt am liebsten erhöht auf einem Stuhl, das Treiben von oben betrachtend. Angelo hat selten Gelegenheit, mit Alicia zu tollen. Er versucht, durch Tänzchen und Gebell Alicia zum Spielen zu bewegen, aber Alicia spielt die Grand Dame und lässt den kleinen Angelo alleine. Gegen Mittag wartet Alicia immer angespannt, bis Karin, der lang ersehnte Besuch aus der Frauenklinik, kommt und Alicia zum Spazierengehen beziehungsweise zum Jogging abholt. Sie ist dann überglücklich, vollführt Freudentänze, vor allem, wenn obendrein die kleine Tochter Sina dabei ist. Nach drei bis vier Stunden kommt Alicia etwas traurig, aber abgelaufen ins Institut zurück. Sie hat meistens viel erlebt, ist auf dem Hohentwiel oder dem Hohenkrähen auch in anderen Wiesen und Feldern um den Hohentwiel herumgestrichen und anderen Hunden oder Kühen begegnet. Das Schönste für Alicia ist, wenn sie frei laufen kann, denn sie gehorcht sehr gut. Little Angelo ist leider, auch wenn er jetzt schon über ein Jahr alt ist und zweitausendzweihundert Gramm wiegt, noch ein bisschen zu klein für derartige Gewaltläufe in der Umgebung. Aber ich bin sicher, eines Tages wird auch er freudig mitlaufen.

Der Winter und das Auto

Der letzte Winter war für Angelo ein großes Erlebnis. Erstmals in seinem Leben sah er Schnee. Genauso wie Alfi ist er mit Clara und Alicia in den Bergen gewesen und hat die Hundeloipe in Davos genossen. Da der Schnee sehr matschig war, ist der Kleine manchmal in dem nassen Schnee total versunken und hatte Mühe, mit seinen kurzen Beinen voranzukommen. Er guckte dann ganz kläglich und wollte auf den Arm genommen werden, was ich ihm beim besten Willen nicht abschlagen konnte. Dennoch hat Angelo die Berge und den Schnee genossen.

Inzwischen ist der schönste Ort für Alicia und Angelo das Auto geworden. Alicia belegt immer die Fensterbank hinten und beobachtet das Treiben um das Institut herum. Angelo liegt auf dem Beifahrersitz, aber lieber noch auf dem Fahrersitz und ruht sich dort aus. Beide freuen sich sehr, wenn es abends auf die Höri geht. Auf der Fahrt wird genau registriert, durch welchen Ort das Auto fährt. Und kurz vor Gundholzen werden beide Hunde unruhig, denn sie merken, jetzt sind wir gleich zu Hause. Alicia freut sich genauso wie Angelo riesig, wenn die Fahrt vorbei ist und sie in ihr Revier laufen und immer wieder auch markieren können.

Im Winter war es nicht so angenehm, doch jetzt im Frühling und im Sommer sind die Wege wunderschön. Vor allem Angelo freut sich, wenn Kirschen platt getreten auf der Straße und auf den Wegen liegen. Entkernte Kirschen schmecken wunderbar. Angelo scheint überhaupt ein Feinschmecker zu sein. Er isst sein Leben gerne Eis, wie Joghurteis, und trinkt Buttermilch. Leider spuckt er diese nach gewisser Zeit wieder aus, sodass die Riesensauerei im Auto nur mit viel Gewische und Wasser beseitigt werden kann. Angelo ist eben noch ein kleines Baby. Auch Joghurt schlürft er. Ein kleines Stück

Käse mundet ihm ebenso wie Fleisch und Wurst, vornehmlich gebraten. Alicia ist in Essensangelegenheiten wählerischer, aber während sie sich alles sehr genau anschaut und meistens zu lange überlegt, hat Angelo das ihr Zugedachte längst verputzt.

Schwimmübungen

Ähnlich wie Alfi hat Angelo auch mit dem Wasser des Bodensees Bekanntschaft gemacht, wenngleich der Sommer sehr verregnet war und wir nur zweimal zum Boot fuhren. Hier konnte Angelo seine ersten Schwimmversuche machen. Beim ersten Mal wusste der Kleine noch nicht, dass er seine Schnauze hochhalten muss und geriet furchtbar ins Prusten, weil Wasser ins Maul kam. Beim zweiten Mal hat er dann das Köpfchen hochgehalten und ist sehr elegant geschwommen. Er wusste ja, dass sein Freund ihn auffängt. Überhaupt muss man sagen, dass die Freundschaft zwischen dem Schreiber dieser Zeilen und little Angelo genauso intensiv geworden ist wie damals zu Alfi. Alfi war zwar der Erfahrenere und wusste sehr genau, was er mit dem Herrchen anstellen konnte. Doch Angelo ist noch ein kleiner verspielter Hund, der alles wahnsinnig interessant findet und zu jedem lieb ist. Darin steckt natürlich eine Gefahr. Angelo muss noch viel lernen. Schön ist es, mit Angelo zusammen spazieren zu gehen. Immer wieder entdeckt er Neuigkeiten, Schmetterlinge oder Bienen, Ameisen. Alles wird versucht und angeschnuppert. Alicia muss ihm sogar schon beigebracht haben, wie man Mäuse jagt. Zum Glück entfernt er sich beim Spazierengehen, wenn er frei läuft, nur ganz selten. Angelo hat bereits gelernt, dass er gehorchen muss, und er kommt auch immer gerne wieder zum Herrchen zurück.

Jedes Jahr im Sommer wird Carlos, der Dobermann, in Sankt Moritz an der Hundeschule mit dreißig anderen großen Hunden trainiert. Alicia durfte ihn in diesem Jahr begleiten. So war der arme Angelo fast zwei Wochen ganz alleine, was ihn ein wenig traurig machte, da er mit mir nicht den ganz richtigen Spielkameraden hatte, auch wenn ich mit ihm wie andere Mitarbeiter des Instituts und des

Krankenhauses vor dem Auto auf dem Bauch auf der Erde lag und mit ihm spielte.

Wir Menschen können eben doch nicht so liebevoll hinter dem Ohr in das Fell oder in die Achselhöhle beißen.

Angelo und die Reisen

Angelo hat mich auf vielen meiner Reisen begleitet, zum Beispiel auf einer Zugreise nach Timmendorfer Strand in der Weihnachtszeit. Wir waren zusammen im Zugabteil, während er die ganze Fahrt ganz ruhig in der kleinen Tasche lag und sich kaum bewegte. Nur einmal stieg aus der Tasche ein strenger Geruch, da mussten wir beide auf die Toilette, denn der kleine Angelo hatte sich in die Hose gemacht. Die zu Weihnachten noch lebende Mutter des großen zweibeinigen Freundes war über den kleinen Angelo sehr glücklich. Oft hatte sie ihn auf dem Arm, streichelte ihn, und Angelo fand dies sehr schön. Er ging mit spazieren und genoss die frische Seeluft an der Ostsee.

Im Frühjahr brach Angelo gemeinsam mit Carlos, Clara und Alicia zu einer herrlichen Reise in einem Wohnwagen ins schöne Elsass auf, wo sie in Munster campierten. Sie sorgten schon dafür, dass der ganze Campingplatz unterhalten wurde. Das Inspizieren der anderen Wohnwagen, vielfach mit Hunden, war äußerst interessant. Angelo fand das herrlich, benahm sich gut und war stubenrein.

Jeden Tag, wenn der alte Mann auf dem Garagendach in seinem Garten ist, besucht ihn Angelo und inspiziert den Garten genauso wie Alfi. Angelo schaut ab und zu über das Garagendach, ob das Auto von Herrchen noch da ist oder ob er ihn vielleicht sogar sieht. Manchmal, wenn es Angelo im Institutszimmer langweilig wird, bellt er und gibt zu verstehen, dass er unbedingt vor die Tür und möglichst auf das Garagendach will. Angelo hofft genauso wie sein großer Freund, dass nun bald die Tomaten reif werden, denn die schmecken wunderbar und sind sehr viel würziger als die wässrigen Hollandtomaten. Angelo kann dies sehr gut beurteilen, da er auch gerne Tomatensalat isst.

Radfahren auf der Höri

Neuerdings haben Alicia und Angelo große Freude am Fahrradfahren. Ihr großer zweibeiniger Freund trägt einen Rucksack vorne vor dem Bauch, in dem erwartungsfroh Angelo sitzt, während Alicia im Rucksack auf dem Rücken auf die vorbeiziehende Welt blickt. Alicia ist sehr neugierig. Sie versucht immer, aus dem Rucksack um die Ecke zu blinzeln, in erster Linie um zu erspähen, was da vorne vor sich geht. Huckepack fahren wir drei auf dem Fahrradweg unten am See auf der Höri so manchen Abend durch die Gegend. Wenn Fußgänger entgegenkommen oder Fahrradfahrer überholen, gibt es immer ein großes Gelächter. Manchmal stört dies Angelo, sodass er etwas ärgerlich zurückbellt. Nach längerer Fahrt suchen wir uns eine Bank am Wasser. Beide krabbeln schnell aus den Rucksäcken heraus, laufen zunächst mal im Gras und im Sand hin und her, um dann oft auf der Bank neben mir zu sitzen und mir Gesellschaft zu leisten. Auch Alfi ist im Rucksack auf dem Fahrrad in der Stadt in Singen gefahren. Damals amüsierten sich viele Passanten in den Straßen. Er machte den Eindruck, als wäre er sehr stolz darauf, im Rucksack mitradeln zu dürfen. Da haben Angelo, Alicia und ihr zweibeiniger Freund viel Spaß und Freude, vor allem, wenn die Sonne scheint.

Angelo und seine beiden neuen Freundinnen, die Labradordamen

Im Spätsommer konnte Angelo eine wunderbare Erfahrung machen. Eines Tages lag in einem winzigen Körbchen ein kleines Labradorbaby mit Namen Rosa. Rosa war noch ganz tollpatschig und hopste etwas ungelenk in der Gegend herum. Angelo fand dies herrlich und versuchte, mit Rosa zu spielen. Sehr schnell schlossen sie Freundschaft und beleckten gegenseitig ihre Schnauzen. Zur großen Überraschung von Angelo wuchs Rosa sehr schnell und nach wenigen Wochen war sie mindestens doppelt so groß wie der kleine Angelo. Die Freundschaft hielt und vor allem das Spielen machte beiden großen Spaß. Ähnlich wie bei Clara versuchte Angelo auch bei Rosa seinen Kopf in ihr Maul zu stecken, und Rosa fand dies toll. Mittlerweile beobachtete Alicia das Treiben nur von Ferne, freute sich aber, wenn Rosa und Angelo so niedlich miteinander spielten. Auch Clara, inzwischen erwachsen, beobachtete das Toben gelassen. Carlos, der Dobermann, schüttelte zwar immer wieder den Kopf, drehte sich um, als wollte er andeuten, dass er für derart Albernes nicht die Bohne Verständnis aufbringt, ließ aber die beiden Kleinen gewähren.

Der Winter war sehr schneereich, und Rosa machte ihre ersten Erfahrungen mit den nassen Flocken und Matsch. Sie fand es herrlich, mit Angelo darin zu spielen. Im Frühjahr, die Sonne schien schon recht warm, vergnügten sich alle Hunde in der weißen Pracht auf speziellen Hundeloipen, und auch die Kleinen konnten zwei bis drei Stunden im hohen Schnee mithalten. Der kleine Angelo hatte es besonders schwierig, da seine kurzen Beinchen ganz darin versanken. Wenn es gar nicht mehr anders ging, dann bellte er, schaute sehr traurig und hoffte, dass Herrchen ihn auf den Arm nahm – und so geschah es auch. Die Winterzeit mit Schnee und Matsch dauerte sehr lange, sodass alle Hunde froh waren, als der Frühling begann.

Das Wetter wurde sonnig und warm. Plötzlich erinnerte sich Angelo daran, dass er im Sommer davor – er war noch ganz klein gewesen – in dem Ruderboot auf dem Bodensee gefahren war und erste Schwimmübungen gemacht hatte. Angelo fragte seinen Freund und der meinte, es wäre tatsächlich an der Zeit, das Motorboot zu Wasser zu lassen.

Angelo und das Schiff

Es war herrliches Sonnenwetter, aber ein Defekt an der Außenhaut des Schiffes musste zunächst repariert werden. Kaum war grünes Licht zur Wasserung gegeben, da änderte sich das Wetter, und es fing fürchterlich an zu regnen, Tage und Wochen lang. Der Wasserpegel im See stieg und stieg und schließlich sprach man vom Jahrhunderthochwasser. Die Straßen ringsum waren überflutet und gesperrt. Viele Häuser direkt am See standen im Wasser, und es waren gewaltige Schäden entstanden. Wo normalerweise Autos fuhren, schwammen nun Schwäne mit ihren geschlüpften Jungen und Enten und andere Wasservögel. Angelo bettelte seinen Freund an, er möchte doch unbedingt mit dem Schiff fahren, aber der ganze Bootsplatz stand unter Wasser. Erst acht Wochen später, es war inzwischen Mitte Juli, sank der Pegel des Sees allmählich wieder, und das Boot konnte zu Wasser gelassen werden, nachdem man den Kran im Hafen repariert hatte. Nun fuhren der große Freund, Angelo und Alicia häufiger mit dem Motorboot auf den See hinaus. Der Motor lief ruhig, das Wetter war wieder sonnig, und alle badeten und planschten. Meistens schwamm Angelo seine kleinen Bögen um das Beiboot herum, während Alicia hoch auf dem Deck des Motorbootes stand und das Treiben beobachtete. An einem dieser Tage sprang sie plötzlich elegant vom Deck ins Wasser und schwamm Angelo hinterher. Offenbar hatte Alicia um den kleinen Angelo Angst und dachte, er könnte untergehen. Angelo kletterte mühsam ins Beiboot; Alicia kam hinterher und beide trockneten sich in der Sonne. Anschließend gab es eine große Belobigung und etwas zu essen und zu trinken. So vergingen die Sonnen- und Sommertage am See, doch es blieb nicht so.

Hundetraining

Eines Tages kam der große Freund mit einer frohen Botschaft. Angelo, Alicia und Rosa durften eine Woche lang an einem Trainingscamp in den Alpen teilnehmen. Rosa hörte von Clara, dass diese Tage sehr anstrengend sein würden und alle Hunde viel lernen müssten. Alicia war das alles gut bekannt, denn sie war mit dem unvergessenen Alfi mehrfach in St. Moritz gewesen. Für jedes Wetter mussten Anziehsachen eingepackt werden: für Regentage, für Sonnentage, für kalte und für warme Tage. Schälchen zum Trinken, große und kleine Näpfe zum Essen, jede Menge Tüten für eventuelle Geschäfte auf der Straße oder auf der Wiese: An alles musste gedacht werden. Zunächst machte Carlos den drei Kleinen klar, dass sie sich benehmen müssten, denn es wären viele gut erzogene Hunde dort, große und kleine, und so war es auch.

Nach dreistündiger Fahrt sah Angelo plötzlich riesige Hunde vor sich, Deutsche Doggen – deren Köpfe größer waren als der ganze kleine Angelo –, Schäferhunde, Labradore und zum Glück auch einen kleinen Zwergpinscher. Insgesamt hielten sich fünfunddreißig Hunde dort auf und alle liefen ohne Leine.

Alicia flüsterte zu Angelo: „Du, ich habe hier große Bedenken. Ich bleibe ganz dicht bei meinem Freund."

Angelo rief zurück: „Alicia, es ist so schön zwischen all den großen Hunden."

Und Angelo freundete sich rasch an. Einmal leckte er einem Doggenrüden die Schnauze. Sie wurden gute Freunde. Es war rührend, mit anzusehen, wie der kleine Angelo furchtlos und glücklich zwischen den großen Hunden lief. Angelo war so aktiv und außer sich vor Freude, dass er Alicia zu verstehen gab: Wir machen alles mit, Berg- und Wandertouren. Alicia stimmte ihm zu.

Am ersten Tag fuhren alle Hunde mit der Muragl-Bahn in die Höhe, und es begann anschließend der Abstieg über fast zwei Stunden. Der große Freund merkte bald, dass ihn seine Bergstiefel sehr drückten, und er wurde immer langsamer. Alicia machte sich Sorgen und lief immer wieder zurück, um zu sehen, ob der große Freund auch Schritt hielt. Sie ist wirklich eine treue Seele. Er schaffte es, und am nächsten Tag kaufte er sich neue Wanderschuhe. Fortan ging alles viel viel besser. Darüber freute sich Angelo besonders, denn er bekam immer mehr Freude am Wandern.

Das Trainingsprogramm für Rosa, das inzwischen angefangen hatte, war sehr anstrengend. Alicia und Angelo beobachteten Rosa und die anderen Hunde ganz genau. Sie mussten alle mit einem Linienbus in die Stadt fahren und ohne Leine im Stadtverkehr laufen. Alle Hunde sollten mehrfach mit dem Sessellift und der Gondel bis über dreitausend Höhenmeter fahren. Kein Wunder also, dass sie abends alle todmüde waren. Es gab Futter und Wasser zu trinken, und dann schliefen alle bis zum nächsten Morgen.

Allerdings ereignete sich auch eine heitere Geschichte. Sharon, der große Doggenrüde, hat sie Angelo ins Ohr geflüstert: Es kam vor, dass sein Frauchen laut träumte, und davon erwachte Sharon eines Nachts. Er stand leise auf und machte mit der Schnauze ganz leise die nicht verschlossene Zimmertür auf. Plötzlich stand er im hell erleuchteten Gang und freute sich sehr. Er galoppierte durch das ganze Hotel. Uli, der Hundeführer und Superalfa von allen Hunden, versuchte Sharon wieder einzufangen. Es dauerte eine ganze Zeit. Am nächsten Morgen beim Frühstück erzählte Sharons Frauchen, sie hätte geträumt, dass ihr Hund aus dem Zimmer gelaufen wäre. Uli, der Hundeführer, meinte nur, es stimme. Sie hätte sicherlich geträumt, aber er nicht.

Angelo fand die Geschichte ganz toll und erzählte sie Rosa,
aber alle drei sind leider zu klein, um eine Hotelzimmertür
zu öffnen.

Auf dem Silverplana-See fanden die Surfweltmeisterschaften
statt. Angelo hörte davon und erzählte es Rosa, Alicia und
allen anderen Hunden, und so beschlossen alle, da laufen wir
hin. Und so wurde daraus ein langer dreistündiger Spaziergang. Das Schönste war, dass es am Ende Eis zu schlecken

gab. Die ganze Schokolade und das Vanilleeis klebte Angelo anschließend im Fell, weil er vor lauter Begeisterung gleich den ganzen kleinen Kopf in die Eistüte gesteckt hatte.

Angelo hat seinem großen Freund auch ins Ohr geflüstert, wie glücklich er hier sei und wie aufregend doch die Tage in St. Moritz wären. Gleichzeitig vertraute er Alicia an, dass er sich aber auch schon wieder auf den Sessel im Krankenhaus in Singen freuen würde.

Nach einer Woche wurden alle Sachen wieder ins Auto gepackt, und es ging zurück in die Stadt. Eine anstrengende, interessante und lehrreiche Woche vor allem für Rosa, dem Labradormädchen, und die beiden Kleinen neigte sich dem Ende entgegen. Doch plötzlich hatte Angelo zuletzt noch eine gute Idee. Zwar war das Wetter am letzten Tag morgens zunächst noch regnerisch, doch gegen Mittag hellte es auf und die Sonne kam durch. Der Corvatsch lag klar vor allen Hunden. Angelo bellte und bellte und zeigte immer wieder auf den Berg. Also gerieten auch Rosa und Alicia außer sich vor Begeisterung und suchten ihre Bergbahnkarten, die ja „inklusive" – Essen und Trinken für Hunde eingerechnet – da waren und fuhren mit allen anderen Hunden auf den Corvatsch bei herrlichem Sonnenschein. Dreitausenddreihundert Meter hoch ist der Berg, sodass man an der Mittelstation einmal umsteigen musste. Unterwegs schaukelte die Gondel mächtig, und wenn sie es nicht besser gewusst hätten, dann hätten sie auch auf hoher See bei Sturm sein können. Angelo schaute seinen Freund an. Der zwinkerte ihm zu, alles in Ordnung, und Angelo versuchte sofort, einem japanischen Kind die Schokolade zu entreißen. Nicht die feine Art . Oben angekommen hatten alle Hunde einen herrlichen Blick. Die Surfbretter mit Segeln sahen wie kleine Fliegen auf dem Silverplana-See aus. Hinter dem Corvatsch lugte die Bernina-Gruppe hervor, die ja noch höher ist. Einige Bergsteiger und

Seilschaften gingen auf dem schmalen Schneeweg über den Gletscher. Ein Teil der Hunde und ihre Führer liefen von der Mittelstation ins Tal, ein anderer Teil fuhr mit der Bahn wieder hinunter. Es war ein wunderschöner Abschluss.

Am letzten Tag fing es fürchterlich an zu regnen, sodass der Abschied von diesen interessanten Tagen nicht mehr ganz so schwer fiel. Angelo, Alicia und Rosa freuten sich nun sehr auf Clara, die mit Frauchen bei ihrem Bräutigam in Antwerpen war, und alle Hunde aus dem großen dunklen Haus freuen sich, wenn im Herbst Clara kleine Welpen bekommt.

Zwei Welpenmonate

Im Oktober war es endlich so weit. Clara wurde immer dicker und immer träger, mühte sich, die Treppen im dunklen Haus hoch zu laufen, während Claras Zitzen immer größer wurden und fast auf dem Boden hingen. Alicia, Angelo und auch Rosa konnten sich gar keinen Reim darauf machen, was mit Clara los war. Clara wollte nicht mehr mit ihnen spielen, sie war eigentlich nur noch müde. Plötzlich im Oktober wurde sie ganz unruhig. Es passierte ausgerechnet an dem Freitag, als Angelo, Alicia und ihr großer Freund nach Ulm verreisen mussten. Für Clara wurde eine richtige Welpenkiste gebaut, in der sie ihre kleinen Kinderchen bekommen sollte. Aber aus irgendeinem Grund fand Clara die Kiste gar nicht schön, und als es so weit war, sprang sie auf das große Bett im Schlafzimmer. Unerwartet fiel hinten ein kleiner Welpe raus. Der war so winzig und ganz nass. Clara wusste erst gar nicht, was sie damit machen sollte, und so wurde der kleine Welpe mit einem Handtuch trockengerubbelt. Nach und nach kamen weitere Welpen, schwarze und blonde, zur Welt, dann kriegte Clara eine Wehenschwäche und schließlich musste der Tierarzt den letzten Welpen mit der Zange holen. Alle acht Welpen schienen gesund und munter zu sein. Sofort hatten sie Hunger und wollten trinken. Clara verstand das alles gar nicht. Es waren ja auch ihre ersten Welpen und ihr musste erst einmal beigebracht werden, was das bedeutet. So wurden die kleinen Welpen Clara angelegt und ihr zu verstehen gegeben, dass sie nun ganz lieb und ruhig sein müsse und sich auf die Seite legen soll, damit die Kleinen trinken können. Sobald dies geschehen war, begann ein Kampf der kleinen Welpen um die besten Zitzen. Es war ein großes Geschmatze. Wenn die Welpen genug getrunken hatten, schliefen sie einfach ein, fielen von der Zitze ab und kullerten im Bett oder in der jetzt auch von Clara angenommenen Kiste herum. Am Anfang mussten die kleinen Welpen massiert werden, damit sie ihr Geschäft loswurden, denn Clara konnte dies auch noch nicht. Erst später hat sie dann gelernt, dass sie mit der Zunge die kleinen Welpen immer wieder putzen musste, und dann ging das sehr gut mit ihrer Verdauung.

Nachdem Alicia, Angelo und ihr Freund das Wochenende in Ulm verbracht hatten und Angelo leider einen schlimmen Husten bekam, sodass sein Freund ihn auf den Arm nehmen musste und die ganze Nacht im Hotelzimmer mit ihm hin und her lief, damit er sich nicht so aufregte, und alle drei schöne Burgen, Schlösser und Bibliotheken entlang der Schwäbischen Barockstraße besichtigt hatten, kehrten sie wieder zurück und staunten über die acht Welpen. Angelo waren die acht Welpen, die bei der Geburt kleiner als er waren, zunächst suspekt. Wenn er sie in ihrem Ställchen besuchte, dann musste er doch etwas knurren. Auf der anderen Seite wussten die kleinen Welpen gar nicht, was sie mit Angelo machen sollten, denn ihre Augen waren ja noch zu. Sie konnten nicht sehen und krabbelten nur ein bisschen herum, um in erster Linie immer wieder die Zitzen von Clara zu suchen. Aber dann ging alles ganz schnell. Die Welpen wuchsen rasch und wurden immer größer. Ihr Hunger war ganz außerordentlich. Angelo musste voller Entsetzen feststellen, dass plötzlich die Welpen viel größer waren als er. Zu allem Überfluss tapsten sie herum und verrichteten dauernd ihr Geschäft, wo immer sie sich gerade befanden. Ihr Pipi floss manchmal in der Küche zu einem richtig kleinen See zusammen. Wo blieb da die gute Kinderstube? Ganze Zeitungen – besonders die Frankfurter Allgemeine – die der große Freund gesammelt hatte, mussten herhalten, damit die Welpen ihr Geschäft auf diese Zeitung machen konnten. Clara tat allen Leid, denn sie wurde ziemlich malträtiert. Die kleinen Welpen bissen in die Zitzen, und Clara wurde manchmal recht ungemütlich. Nach sechs Wochen war der Hunger der Welpen so groß, dass ihre Milch nicht mehr ausreichte. Nun tranken und aßen sie Milch und Brei und Joghurt und kriegten immer wieder ganz frisches Gehacktes. Es ging ihnen wirklich gut, da konnte sich niemand beschweren.

Dennoch waren die Welpen immer hungrig, und wenn das so war, dann schrien sie manchmal so laut, dass fast das ganze Haus wackelte und Angelo und Alicia ganz erschreckt aufrecht saßen und dachten: „Was ist denn nun los? Ist einem Welpen was passiert?"

Nein, sie schrien nur, weil sie Hunger hatten.

Clara hatte inzwischen auch gelernt, dass sie ihre Kinderchen beruhigen musste, und sie sprang dann in die Kiste, um die Kleinen zu beruhigen, aber ihre Milch reichte nicht mehr voll aus. Nachdem die Welpen fast schon so groß waren wie Alicia, aber viel dicker natürlich, hörten viele Menschen von den Welpen und besuchten sie meistens am Wochenende. Manchmal waren sechs bis zehn Erwachsene und Kinder an dem Ställchen oder in den anderen Zimmern, und alle hatten einen schwarzen oder blonden Welpen auf dem Arm. Sie schmusten mit ihnen, fanden es ganz herrlich und hofften, dass sie einen dieser Welpen mit nach Hause nehmen konnten.

Allerdings war es Tradition, dass der Züchter aus Antwerpen das erste Recht hatte, sich einen Hund aus dem Wurf auszusuchen, und er nahm dann auch später den schönsten blonden Rüden mit. Angelo hat inzwischen erfahren, dass dieser Rüde auf einer Labradorshow in Belgien von achthundert Hunden zum schönsten Rüden gewählt wurde.

Trotz der vielen Menschen, die ins Haus kamen, war es ganz schwierig, die richtigen Eltern für die kleinen Welpen zu finden. Ein Ehepaar kam fast jeden Tag, weil sie ein kleines blondes Welpenmädchen namens Amur so lieb gewonnen hatten, dass sie es nicht mehr hergeben wollten. Später haben sie es auch bekommen. Zur großen Freude von Clara, Rosa, Angelo und Alicia – bald kam noch Aurelia, ein weiteres Labradormädchen, so schwarz wie ihre Freundinnen, mit hinzu – trafen sie Amur bei einem Hundetraining in Sankt Moritz wieder, die nun fast so groß war wie die erwachsenden Labradore. Alle spielten herrlich auf den Wiesen.

Natürlich fanden auch die anderen Welpen alle neue Eltern. Leider ist ein Hündchen von einem Zug überfahren worden, weil die Eltern nicht aufgepasst haben. Das ist sehr traurig, und alle anderen, auch Clara, sind sehr traurig gewesen, als sie davon hörten. Angelo war ebenso traurig, denn er hatte sie alle, auch wenn sie so schnell groß geworden waren und ihn etwas malträtierten, sehr ins Herz geschlossen. Als alle Welpen aus dem Hause waren, wurde es ganz ruhig, und Alicia und Angelo wussten zunächst gar nicht, was sie mit dieser Ruhe anfangen sollten. Doch am traurigsten war Clara darüber, dass nun alle Kinder ihr Nest verlassen hatten. Aber die lustige Rosa spielte mit Clara und tröstete sie. Dann kam die große Überraschung.

Aurelia

Aurelia, das kleine Labradormädchen, auch noch ein Welpe und genauso klein oder groß wie die Hunde, die das Haus verlassen hatten, tauchte plötzlich auf. Sie wurde gleich sehr herzlich aufgenommen, fühlte sich sehr wohl und entwickelte sich rasch zu einem richtig kleinen frechen Labradormädchen. Der große Freund von Angelo und Alicia taufte Aurelia schließlich, weil sie so wild war, Uriella, die Wahnsinnige. Diese Bezeichnung bewahrheitete sich schneller, als man dachte, denn Aurelia hat Unmengen von kostbarem Geschirr und Porzellan zerstört und viele Kleider zerrissen. Trotzdem ist sie von allen ins Herz geschlossen worden, weil sie ja nun das jüngste Labradormädchen ist. Man kann es kaum glauben, Aurelia ist jetzt, nachdem sie acht Monate alt ist, bereits auf zwei Ausstellungen gewesen und wurde sofort Champion aller Labradorwelpen. Sie hat überhaupt sehr viel Ähnlichkeit mit Clara, die ja auf Ausstellungen einen ersten Preis nach dem anderen einheimst. Im Gegensatz zu Aurelia hat sich Clara zu einer ganz ruhigen, sehr fleißigen und lieben Labradordame gemausert. Angelo indes war nicht auf den Kopf gefallen und hat sehr interessiert zugeschaut, wie Clara der Aurelia viele kleine Tricks beigebracht hat: wie man spielt, wie man sich die guten Brocken aus dem Fressnapf organisiert, wie man mit anderen Hunden umgehen muss, damit sie die kleine Aurelia respektieren. Clara, Rosa, Aurelia, Alicia und Angelo sind mittlerweile eine verschworene Gemeinschaft. Wenn Carlos, der Dobermann, sie besucht, wissen alle, der Herr und Meister erscheint. Sie sehen alle Carlos als ihren Rudelführer an. Carlos ist sich seiner Verantwortung bewusst, beschützt alle und sorgt dafür, dass, wenn sie im Gelände sind, keiner wegläuft und alle zusammenbleiben, damit nichts Böses passiert.

Zunächst mit den acht Welpen, später mit Aurelia ging der graue Herbst und auch der Winter vorüber. Auch der viele Schnee und insbesondere die verschiedenen Feuerwerke zum Jahresende überstanden alle, keiner bekam Angst. Im Sommer des Jahres 2000 hatte plötzlich der große Freund von Angelo ein neues Auto. In diesem Wagen unternahmen Alicia und Angelo eine weite Reise zu einem Kongress in den hohen Norden nach Kiel. Zwischenstation machten sie in Hildesheim, wo sie Freunde besuchten. Später fuhren sie nach Timmendorfer Strand und gingen dort spazieren. Leider gerieten sie auf der Rückfahrt am Stuttgarter Kreuz in einen Unfall, sodass die linke Autoseite fast völlig weggerissen wurde, weil das Auto an die Leitplanke prallte. Dieser Knall war so schlimm, dass Alicia und Angelo noch tagelang nachts aufwachten und weinten, weil sie sich an diesen schrecklichen Knall erinnerten. Aber alles ist gut gegangen, und auch das Auto konnte wieder repariert werden.

Angelo und Alicia haben ihren festen Platz und fahren gerne mit dem Auto.

Das Schönste – besonders für Angelo – ist aber inzwischen, an der Leine am Krankenhaus vor dem Auto zu liegen und zu beobachten, welche Leute vorbeigehen und was sie tun. Und mancher wird verbellt und mancher wird beschnuppert. Wenn dann Frau Z. mittags zur Arbeit kommt, dann freuen sich Alicia und Angelo ganz herrlich, weil sie immer etwas Schönes zum Essen mitbringt und dann gehen alle drei im Park des Krankenhauses spazieren. Das wiederholt sich noch einmal, wenn sie abends nach Hause geht, und dann dürfen Angelo und Alicia mit ihr wieder einen Spaziergang machen und kriegen wieder was Feines zu essen. Leider verträgt Alicia nicht immer alles, und manchmal hat sie Durchfall, der dann meist in der Wohnung des großen Freundes passiert. Alicia ist dann selbst ganz entsetzt, was ihr geschehen ist.

Aber so ist nun mal bei Hunden das Leben.

Epilog

Angelo und Alfi

Das Folgende, das Angelo erlebt hat, ist für Alfi bestimmt, denn er wird sicher von seiner kleinen Hundewolke Angelo beobachtet und auch gesehen haben, dass er furchtbar gerne auf dem Sessel im Krankenhaus hinter Herrchen liegt, vor Wohlbehagen die Zunge aus dem Maul streckt und damit zu verstehen gibt, dass es ihm sehr gut geht und alles so gemütlich ist. Genauso gemütlich fand es auch Alfi auf dem Sessel, und ich glaube, dass Angelo, würde er Alfi kennen, ihn sehr lieb begrüßen würde und beide Rüden gute Freunde würden. Ein Wunsch von Alfi war es und wäre es auch heute noch, wenn sich auch die Menschen so gut verstehen würden wie zwei kleine Chihuahuarüden.

Angelo bleibt nichts anderes übrig, als diese Zeilen in die Hundesprache zu übersetzen, damit auch Alfi auf seiner Wolke diese Zeilen lesen kann, wie bislang alle großen und kleinen Hundefreunde. Eines Tages gab es ein Wiedersehen mit Alfi.

Ein Glückstag

Auf einem Segeltörn von Friedrichshafen nach Romanshorn auf dem großen Bodensee ist bei herrlichem Sonnenschein und blauem Himmel ein kleines Wölkchen ganz dicht heruntergekommen und hat fast den Kopf vom großen Freund von Alfi ummantelt. Genau in diesem Augenblick ist ein Foto gemacht worden, als Angelo im Arm seines großen Freundes liegt. Aus dem kleinen Wölkchen schaut Alfi hervor, und Angelo hat erzählt, dass Alfi sich furchtbar gefreut hat, uns alle nochmal wiederzusehen. Dann ist die Wolke wieder aufgestiegen. Wahrscheinlich hat Alfi uns zugesehen. Auf der Rückfahrt zum Untersee haben Angelo und Alicia, die ebenfalls behauptete, ihren Bruder Alfi wiedergesehen zu haben, von diesem schönen Tag geschwärmt und hoffen nun immer wieder, vielleicht die kleine Wolke mit Alfi wiederzusehen, denn für Alfi sind die Erlebnisse, die Angelo und Alicia haben, eine unendliche Geschichte, die ihn immer wieder erinnern soll, wie schön es auf der Erde war.

Legenden zu den Abbildungen

1. Don Alfonso genannt Alfi
2. Alfi und Alicia
3. Das große dunkle, alte Haus
4. Alfi und das Mikroskop
5. Alfi und der Schneemann
6. Alfi und das Hotel Gellert
7. Alfi und das Schiff
8. Alfi kann schwimmen im Bodensee
9. Alfi und Alicia auf der Wiese
10. Alfi und Alicia und das kleine Labradormädchen Clara
11. Alfi und der Lauf in den Tod
12. Little Angelo
13. Angelo und Alicia
14. Angelo und Alicia und das neue Mikroskop
15. Angelo und Alicia im Auto
16. Angelo und Alicia beim Fahrradfahren.
17. Ein müder Labrador nach dem Hundetraining
18. Clara bewacht ihre acht Welpen, beschützt von Angelo
19. Aurelia
20. Angelo und sein Freund treffen Alfi in der Wolke